Presented by
Utako Yukihiro
Madoka Takadono

Erratum : Dans le volume 1, il est écrit que Dandelion commande la 36e légion et Sitri la 60e, au lieu de Dandelion commande 36 légions et Sitri, 60 légions.

PRÉSENTATION DES PERSONNAGES

WILLIAM

Aristocrate, il est descendant du roi Salomon, il est l'électeur qui choisira celui qui régnera sur les limbes.

KEVIN

Intendant au service de William. Sa famille est employée chez les Twinning depuis des générations. Habile, il gère tout dans le manoir.

DANDELION

À la 7e place. Aux commandes de 36 légions "L'incomparable grand duc". Lui aussi est candidat au trône.

SITRI

Démon à la 12e place, vicomte et chef de 60 légions. Il est l'un des candidats au trône de Lucifer.

ISAAC

Camarade de William. Il est fanatique du surnaturel.

RÉSUMÉ

L'oncle de William a disparu après avoir fait faillite et l'a laissé sans le sou. C'est là qu'un démon nommé Dandelion fit son apparition. Dandelion révéla à William qu'il est l'électeur unique, celui qui a la tâche de choisir le remplaçant de Lucifer. Dandelion, candidat à la succession du roi des enfers demanda à William de le choisir, en échange il réglerait ses problèmes d'argent. Pour ne rien arranger, un autre candidat, Sitri, fait son entrée en scène. William le réaliste ne veut pas admettre l'existence des démons, cependant Dandelion et Sitri décident de rester sur terre et de profiter de la vie de lycéens jusqu'à ce que William fasse son choix.

PILIER 6

ASH !
ASH ! C'EST GRAVE
DANDELION A DISPARU !
HAA
HAA
CALME-TOI LAMIA !

JE SUIS ALLÉE CHEZ LUI CINQ CENTS FOIS CE MOIS-CI ET IL N'ÉTAIT JAMAIS LÀ
JE SUIS SÛRE QU'IL ME TROMPE
ズビッ
OUIN
IL AVAIT POURTANT DIT QU'IL M'ÉPOUSERAIT !!
!!
PREMIÈRE NOUVELLE
ENCORE À FAIRE DES BÊTISES QUELQUE PART...
QU'IL TE TROMPE OU NON...
POF
POF
!!
IL EST DANS LE MONDE DES HUMAINS
POUR CHARMER L'ÉLECTEUR

L'ÉLECTEUR ?!
PENDANT LE SOMMEIL DE LUCIFER
LES ENFERS DOIVENT CHOISIR UN NOUVEAU REPRÉSENTANT
...
POURQUOI C'EST PAS TOI ?
TU SERAIS PARFAITE POUR CE RÔLE
BIEN PLUS QUE CE SALOMON

CE N'EST PAS SI SIMPLE
HUMF
J'Y COMPRENDS RIEN
HA HA HA
UN MOIS TOUT DE MÊME, C'EST EMBÊTANT
PLOC
QUE FAIT-IL ?!
HAA

QUOI ?
EH BEN !
C'EST CLAIR QU'IL TE TROMPE
OUAAH
OÙ VAS-TU ?
C'EST ÉVIDENT, NON ?
HORS DE QUESTION QU'IL TOMBE AMOUREUX D'UN HUMAIN

ARGH
J'ESSAYAIS JUSTE DE...
OUPS
C'EST ÇA L'ÉLECTEUR ?
TA GUEULE !
SNIF
J'AI ATTRAPÉ UN RHUME HIER SOIR ?!
IL Y A BEAUCOUP DE COURRIERS
OUI... C'EST SÛR !
BRR
JE NE VEUX PAS LES DISTRIBUER

LES DÉLÉGUÉS ONT DROIT À DE NOMBREUX PRIVILÈGES
Private room
Free water
Tea time
Costom costume
etc. etc...
EN ÉCHANGE, ILS ONT BEAUCOUP D'OBLIGATIONS COMME DISTRIBUER LE COURRIER UNE FOIS PAR SEMAINE
ARF
QUEL EST L'IMBÉCILE QUI A ENVOYÉ TOUT...
C'EST POUR MOI ?
OUI...
PAR-DON
KEVIN... MON MAJORDOME A TOUJOURS ÉTÉ COMME ÇA
C'EST LA PREUVE QU'ON TIENT À TOI

AH !
QUE SE PASSE-T-IL ?
IL A PEUT-ÊTRE RETROUVÉ MON ONCLE
TU PARLES DE BARTON, TON ONCLE DISPARU ?
...
MON ONCLE BARTON QUI GÉRAIT LA FORTUNE FAMILIALE A PRIS LA FUITE APRÈS AVOIR TOUT PERDU

JE PARS EN ÉGYPTE SUR LES TRACES DE VOTRE ONCLE
L' ÉGYPTE ?
LORD BARTON AVAIT INVESTI DANS DES FOUILLES ARCHÉOLOGIQUES, NON ?
AH ? OUI
TADAM
TU VEUX ALLER EN ÉGYPTE ?
IL A UNE ESCORTE MAINTENANT ?!
JE T'Y EMMÈNE SI TU VEUX
TU PLAISANTES ?!

NO MACHO !
JE N'AI PAS ENVIE DE FAIRE PARTIE DE TA BANDE DE MACHOS
QUOI ?
GRÂCE À LUI NOUS AVONS VAINCU NOTRE ENNEMI JURÉ AU RUGBY
ÇA C'EST VRAI
HA HA HA
IL A TROUVÉ SA PLACE DANS LE MONDE DES HUMAINS
UN MINABLE LE RESTE TOUTE SA VIE
QUE DIS-TU ?
SHALALALA!

OH CLASSE !
MANQUAIT PLUS QUE LUI
IL A DÛ LES ENVOÛTER POUR AVOIR AUTANT DE SUCCÈS SI VITE
SANS BLAGUE !
DANDELION, GRAND DUC AU 71E RANG ET COMMANDEUR DE 36 LÉGIONS INFERNALES
ET SITRI, VICOMTE AU 12E RANG
CES DÉMONS SE SONT IMMISCÉS DANS MA VIE PARCE QUE (APPAREMMENT) JE POSSÈDE LA FACULTÉ DE CHOISIR LE PROCHAIN LUCIFER

PEUT-ÊTRE EST-CE UN TRÈS LONG RÊVE ?
DANS TES VEINES COULE LE SANG DU ROI SALOMON, L'ÉLECTEUR CHOISI PAR LUCIFER

SI JE SUIS DE SANG ROYAL, LAISSEZ-MOI AU MOINS UN TRÉSOR CACHÉ
MÊME IMAGINAIRE, UNE FAMILLE ROYALE QUI NE PEUT MÊME PAS PAYER DES FRAIS DE SCOLARITÉ EST PITOYABLE
ああっ
HAA
EUH
OUAAH !
TU FAIS SOUVENT CETTE TÊTE TRISTOUNETTE
FERMEZ-LÀ !

TU N'ARRIVES PAS À CHOISIR C'EST ÇA ? CHERCHE PLUS, JE SUIS LÀ !
N'IMPORTE QUOI, C'EST MOI QU'IL VEUT !
VOUS AVEZ FAUX TOUS LES DEUX !
COMBIEN DE FOIS VAIS-JE LE RÉPÉTER ?
JE N'AI PAS L'INTENTION DE ME MÊLER À CES ABSURDITÉS
NI MAINTENANT, NI JAMAIS !
COMPRIS ?

WILLIAM ! ATTENDS !
NE PLEURE PAS DANDELION
TOI MÊME !
TU NE VEUX TOUJOURS PAS L'ADMETTRE ?
OWEN GLENDOWER A POURTANT VRAIMENT INVOQUÉ UN DÉMON DANS HENRI IV C'EST UN FAIT INDÉNIABLE !
NON !
HENRI IV EST UNE PIÈCE DE SHAKESPEARE
ET CES DEUX LÀ ALORS ?
UN MACHO ET UN SUGAR ADDICT

ZAF
TWINNING !
UN ÉLÈVE DE SECONDE ?!
QU'Y A-T-IL ?
HAA
HAA
SAUVE-MOI S'IL TE PLAÎT !
TE SAUVER ?
VIENS AVEC MOI !
JE DÉTESTE ÊTRE DÉLÉGUÉ À CES MOMENTS-LÀ
JE LAISSE KEVIN SE DÉBROUILLER POUR MON ONCLE ?
DÉSOLÉ ISAAC
JE VIENS AVEC TOI
MERCI

MERCI BEAUCOUP
PAR ICI
IL FAIT NOIR, JE NE VOIS RIEN
ÇA NE TE PARAÎT PAS BIZARRE ?
CETTE CHAMBRE EST...

BAM
!
SERAIT-CE...
WHOO
!

OUAAAH
VLOO
FLAP
FLAP

TAC
CRAC
CRAC
ÉLECTEUR !
LAISSE-MOI TESTER TA FORCE !
SHUUF
?!

VLAM
...
LA PORTE DES ENFERS VIENT DE S'OUVRIR
QUOI ?
HÉ ! TU SAIS OÙ EST ALLÉ WILLIAM ?
TWINNING ?
IL EST ALLÉ DANS LA SALLE NON UTILISÉE AU FOND...

VLAM
C'EST...
ÇA SERAIT CATASTROPHIQUE SI WILLIAM SE RETROUVAIT EN ENFER
CE SOIR...

A LIEU LE GRAND DÎNER DE LA NOUVELLE LUNE

PILIER 7

NE SERAIT-CE PAS LE GRAND MOLOCH ?
CELUI À TÊTE DE TAUREAU

OUAAH !
ÇA VOUDRAIT DIRE QU'ON EST EN...
PAS BESOIN DE LE DIRE, RESTE CALME !
ET LUI, C'EST LE CERBÈRE ?!

BAM
VEUILLEZ M'EXCUSER
...
ぎょっ
RHAA
TADAA
EN ENFER !
METS-LA EN SOURDINE !
モガモガ
BARF
ÇA ALORS !
UN INCONNU !
SERAIS-TU UN NEPHILIM NOVICE ?

BOBOM
OU ALORS UN HUMAIN PUANT ?
UN HUMAIN ?
C'EST VRAI QUE ÇA SENT LA CHAIR HUMAINE...

TU NE TROUVES PAS QU'ILS NOUS REGARDENT TOUS BIZARREMENT ?
...
CETTE VOIX...
HUMAINS
POURQUOI ?
!
GWIP
HUM
PAR ICI, ISAAC !
ZLAF

INUTILE DE VOUS ENFUIR !
VOUS N'IREZ NULLE PART !
SWUP
!
SERAIT-CE LE DESCENDANT DE SALOMON ?
?

!
UN CUL-DE-SAC ?
TAP
TAP
TAP
WILLIAM ! ILS VONT NOUS RETROUVER
IL DOIT Y AVOIR UN PASSAGE SECRET
KHAA
?!

CRR
CRR
WILLIAM ?!
TAP
PAN
!

QUELQU'UN AURAIT VU TWINNING ?
PAS MOI
ISAAC AUSSI A DISPARU
HAA
TCHAC
OÙ SONT-ILS PASSÉS ?
C'EST BIENTÔT L'HEURE DE L'APPEL...
HUM...
OÙ SUIS-JE ?
VOILÀ UNE RENCONTRE INATTENDUE

SHALAA
JE NE PENSAIS PAS TE REVOIR JUSTE AVANT MA 106^{e} HIBERNATION

JE SUIS SUR LE POINT DE M'ENDORMIR
JE TE REVERRAI PEUT-ÊTRE DANS CENT ANS... ATTENDS-MOI
DOMMAGE...
JE NE SERAI PLUS LÀ DANS UNE CENTAINE D'ANNÉES

JE TE FAIS MES ADIEUX, LUCIFER
?!
WILLIAM !
TU T'ES ÉVANOUI SANS PRÉVENIR, J'ÉTAIS INQUIET !
C'ÉTAIT UN RÊVE ?!
TU ES RÉVEILLÉ ?!

QUI ES-TU ?
SOIS TRANQUILLE ÉLECTEUR, TU ES SUR MON VAISSEAU DE GUERRE
ELLE M'A DIT QU'ELLE ÉTAIT LA DUCHESSE ASTAROTH
ASTAROTH ?
HUM
GRANDE DUCHESSE DE L'EST À LA TÊTE DE 40 LÉGIONS. C'EST UN DÉMON MAJEUR AU MÊME RANG QUE BEELZEBUB
UN DÉMON MAJEUR ?

TU ES AUDACIEUX COMME TOUJOURS, SI LES AUTRES ANGES DÉCHUS TE TROUVENT ILS T'AVALERONT TOUT CRU
COMME TOUJOURS ?!
ANGES DÉCHUS !
TOUS LES DÉMONS AURAIENT ÉTÉ BANNIS DU PARADIS ?!
COMMENT SONT ATTRIBUÉS LES RANGS EN ENFER ? VOUS ÊTES AU 29E RANG ET...
HÉ ! ISSAC !
SCRATCH
SCRATCH
IL Y A DEUX RACES DE DÉMONS
LES NEPHILIMS, ANCIEN HUMAINS ET LES ANGES DÉCHUS
DANDELION M'A DIT QU'IL ÉTAIT NEPHILIM...
ALORS... SITRI AUSSI ?
NON, PAS SITRI
TU NE LE SAVAIS PAS ? SITRI EST UN DÉMON DE PURE SOUCHE
SELON LE DICTIONNAIRE DÉMONIAQUE, BAAL-BERITH EST LE GRAND DUC DE L'OUEST ET LE DÉMON LE PLUS INFLUENT DES ENFERS
SITRI EST L'ENFANT FAVORI DE BAAL-BERITH, IL N'A PAS DE HAUT RANG POUR L'INSTANT, MAIS C'EST UN PRINCE

JE CONNAIS LES 72 PILIERS PAR CŒUR
"POURQUOI IL N'EXPLOITE PAS CETTE MÉMOIRE D'ÉLÉPHANT AUX EXAMS ?"
NOUS LES NEPHILIMS, SOUTENONS DANDELION AU POSTE DE ROI
VOUS ? VOTRE ALTESSE AUSSI ?
J'ÉTAIS HUMAINE AVANT
JE SUIS LA TROISIÈME ASTAROTH
ELLE AUSSI ÉTAIT HUMAINE ?
TU NE T'EN SOUVIENS PAS ?
JE N'AI RIEN À VOIR AVEC TOI
MERCI, MAIS JE N'AI PAS L'INTENTION DE ME MÊLER À VOTRE LUTTE POUR LE POUVOIR
RENVOIE-MOI CHEZ MOI
C'EST HORS DE QUESTION !!
BAM

ASSUME TON RÔLE D'ÉLECTEUR !
JE NE TE PERMETTRAI PAS DE DUPER MON DANDELION
AH ?
OUVRE BIEN TES OREILLES !
JE SUIS LAMIA !
PRIN-CESSE IMPÉ-RIALE AU 77e RANG

LA FIANCÉE DU DUC DANDELION !
N'IMPORTE QUOI !
BÔM
TU VEUX BIEN M'ÉPOUSER ?
C'EST VRAI, DEPUIS QUE JE SUIS TOUTE PETITE !
JE COMPRENDS MIEUX...
JE TE LAISSERAI PARTIR UNE FOIS QUE TU M'AURAS PROUVÉ QUE TU MÉRITES D'ÊTRE L'ÉLECTEUR
PURÉE, C'EST BIENTÔT L'HEURE DE L'APPEL
J'AI RIEN DEMANDÉ MOI !
C'EST LUI QUI ME HARCÈLE
TU SAIS QUE...
TU COMMENCES À M'INTÉRESSER
!

DEVINE MA VRAIE NATURE. SI TU ES VRAIMENT DE LA LIGNÉE DE SALOMON
FSHH
TU SAURAS QUEL ÉTAIT MON NOM LORSQUE J'ÉTAIS HUMAINE
SI CE N'EST PAS LE CAS, TU NE RENTRERAS PAS CHEZ TOI
ALLEZ ! QUEL ÉTAIT MON NOM À L'ÉPOQUE ?

SON ALTESSE DANDELION, ICI ?
GILLES...
JE PENSAIS QUE TU N'AIMAIS PAS CE GENRE D'ENDROITS
TOI !
AH
NON... RIEN
VUIP
T'ES PAS GENTIL !

...
JE PEUX TE POSER UNE QUESTION ?
POURQUOI AS-TU RENCONTRÉ SALOMON ?
BONNE QUESTION
C'ÉTAIT UN PUR CAPRICE. JE VOULAIS SAVOIR CE QU'ÉTAIT DEVENUE MA DESCENDANCE
ELLE SERAIT DONC L'ANCÊTRE DE SALOMON

JE NE PENSAIS PAS TOMBER SUR UN FRÊLE SORCIER
OUAAH ! ASH
OUAIS...
QUEL ÉTAIT TON STATUT SOCIAL ?
ELLE ÉTAIT REINE !
?!
PAS D'UN PAYS AUSSI PETIT QUE L'ANGLETERRE ELLE ÉTAIT À LA TÊTE DU PLUS GRAND EMPIRE AU MONDE !
ELLE ÉTAIT TRÈS CÉLÈBRE
PAS VRAIMENT, CAR JE N'AI PAS EU D'ENFANTS
LE FILS ILLÉGITIME DE MON MARI A HÉRITÉ DU TRÔNE

LA CAUSE DE TA MORT ?
...
DES... DES CARIES
DES CARIES ?!
C'ÉTAIT PAS UN ASSASSINAT ?
JE N'AVAIS JAMAIS LE TEMPS DE LES BROSSER... ÇA A FINI PAR FORMER UN ABCÈS
MAINTENANT JE NE MANQUE JAMAIS DE LES LAVER
...
UNE REINE QUI A VÉCU DANS UN EMPIRE BIEN AVANT SALOMON
ET QUI AVAIT PLEIN DE CARIES

TON TEMPS S'EST ÉCOULÉ
UN SIMPLE DESCENDANT HUMAIN, C'EST ENNUYEUX
WILLIAM C'EST ÇA ?
ICI ET MAINTENANT, TU VAS PROCLAMER DANDELION ROI DES ENFERS !
SINON, JE M'EMPARE DE TON ÂME
JE SUIS UN DÉMON APRÈS TOUT

TU VAS PROCLAMER DANDELION ROI !
SINON, JE M'EMPARE DE TON ÂME
QUOI ?
VLAF
PILIER 8
J'AI UNE MEILLEURE IDÉE
CLAC
!
FAIS-LE TOMBER !!
HYAA

ASTAROTH ! ARRÊTE !
BLAM
AAH !
ASH !!
QU...
BOOM
QU'AS-TU FAIT ? ENFOIRÉ !

QU...
VOTRE EXCELLENCE, ARRÊTEZ JE VOUS PRIE
DAN...
POUF
Tu m'as manqué !
POUF
Dandelion ♡

!!
BAM
POURQUOI ?
??
NE RECOMMENCE PLUS JAMAIS ÇA LAMIA !
HUM
OUIIN
VOTRE EXCELLENCE
DÉSOLÉ, MAIS CE PROBLÈME NE CONCERNE QUE MOI !
JE VOUS DEMANDERAI DE RESTER EN DEHORS

...
ON Y VA !
APPAREMMENT IL N'EST PAS PRÊT DE T'ÉPOUSER
QUOI ? QUOI ? DANDELION ! MAIEUH !
HA
JE T'AIIME !
OUIN
!
JE VAIS MANQUER L'APPEL

!
BAM
POURQUOI TU NE FAIS QUE ME PERTURBER ?!
ARRÊTE DE TROUBLER MA VIE !
WILLIAM
NE T'AP-PROCHE PLUS DE MOI
!
JE SUIS UN RÉALISTE
PAS UN ÉLECTEUR !

SHAK
!
!
WILLIAM, TU POSSÈDES UNE GRANDE PUISSANCE
LES DÉMONS EXISTENT

ET TU NE POURRAS RIEN Y CHANGER !
POURQUOI TU NE T'EN RENDS PAS COMPTE ?

WILLIAM !
ON VA MANQUER L'APPEL !
TU LUI AS POSÉ UNE DEVINETTE UN PEU TROP DIFFICILE NON ?
PAS DU TOUT, ON TROUVE MON NOM DANS LES LIVRES SCOLAIRES
ET TON FUNÉRARIUM SUR DES CARTES POSTALES
TEMPLE FUNÉRAIRE
QUOI QU'IL EN SOIT JE NE M'ATTENDAIS PAS À ÊTRE NOSTALGIQUE

ET JE NE PENSE PAS ÊTRE LA SEULE
SHALA
THOMAS PRINSTON
FREDY MADOCK
IL N'EST FINALEMENT PAS REVENU
!
BLAM

HAA ! SWALLOW
どちゃ
COUCOU
...
UN COUP DE MAIN !
HOWARD CARTER A DÉCOUVERT LA TOMBE D'UN PHARAON EN ÉGYPTE
ET LA MOMIE DE LA REINE HATSHEPSUT
WILLIAM
HUM
ILS FONT DES RECHERCHES POUR DÉTERMINER LA CAUSE DE SA MORT
EN ÉGYPTE, ÇA DEVAIT ÊTRE UN ASSASSINAT
OUI
ELLE EST MORTE À CAUSE DE CARIES

*S'il te plaît envoie-moi du fil dentaire. De la part de A

PILIER 9

TU ES ENCORE PREMIER
J'AI TELLEMENT L'HABITUDE QUE ÇA NE ME FAIT PLUS RIEN
C'EST BIEN TON GENRE DE DIRE ÇA. BIENTÔT LE SIXIÈME NIVEAU
ET TOI, COMBIEN DE TEMPS ENCORE VAS-TU RESTER EN BAS DU NIVEAU 5 ?
AH !
UN JOUR PEUT-ÊTRE...
JE SUIS TRISTE DE RENTRER CHEZ MOI
QUE VAS-TU FAIRE PENDANT LES VACANCES ?
...
UNE LETTRE ?
SUP

MONSIEUR,
JE SUIS RENTRÉ D'ÉGYPTE LE MOIS DERNIER. MALHEUREUSEMENT JE N'AI TROUVÉ AUCUNE TRACE DE MONSIEUR BARTON. JE SUIS SINCÈREMENT DÉSOLÉ.
JE N'AI PAS EU DE NOUVELLES DE LORD WILCOX DE DERBY
L'EMPRUNT A ÉTÉ REFUSÉ...
MON ONCLE EST TOUJOURS DISPARU, LA SITUATION FINANCIÈRE DE MA FAMILLE TOUJOURS AUSSI DÉSESPÉRÉE
LA POISSE ME POURSUIT
JE VAIS PASSER MES VACANCES À QUÉMANDER DE L'ARGENT AVEC KEVIN
AH...
ET OBTENIR UNE BOURSE NE VA PAS TOUT ARRANGER
DEMANDE PLUTÔT À DANDELION. IL T'AIDERA SANS HÉSITER
QU'EST-CE QUE TU DIS ? J'AI MAL ENTENDU !
PARDON, OUBLIE !
!

JE SAIS ! VIENS BOSSER CHEZ MOI
UN JOB DE VACANCES ?
MON FRÈRE VA SE MARIER
TOUTES MES FÉLICITATIONS
PAR CONTRE LE JOB RISQUE D'ÊTRE PROBLÉ-MATIQUE...
C'EST UN TRAVAIL D'EXTERMINATION

POUR LES SOURIS, IL FAUT UN YORKSHIRE TERRIER
MAIS NON !
JE PARLE DE FANTÔMES, PAS DE SOURIS
DANS CE CAS, C'EST NON !
MAIS !
TU ES LE SEUL À QUI JE PEUX DEMANDER ÇA
POURQUOI MOI ?
JE NE CONNAIS PERSONNE D'AUTRE QUI SOIT PLUS FORT QUE DES FANTÔMES

LES TRAINS SONT PRATIQUES, ON ARRIVE À BON PORT SANS ACCROCS
EXPLIQUE-TOI !
Y A UN MACHIN ASSIS LÀ
ÇA ME RASSURE D'AVOIR UN DÉMON DANS LES PARAGES
POURQUOI TU N'Y VAS PAS SEUL AVEC LUI ?
CRUNCH
CRUNCH
JE NE POURRAI PLUS LE CONTRÔLER UNE FOIS MA RÉSERVE DE BISCUITS ÉPUISÉE
GRAOU
JE SUIS UN DOMPTEUR OU QUOI ?

ELLE EST PETITE COMPARÉE À LA RÉSIDENCE DES TWINNING, MAIS ON L'AGRANDIT D'ANNÉE EN ANNÉE
À LA NAISSANCE DE MON FRÈRE MA FAMILLE HABITAIT DANS UN APPART À BIRMINGHAM
INDIA
ARABIAN SEA
ISAAC VIENT D'UNE FAMILLE DE COMMERÇANTS, SON PÈRE A CONSTRUIT SA FORTUNE SUR L'IMPORTATION D'ÉPICES ET DE THÉ

MONSIEUR TWINNING, SOYEZ LE BIENVENU, NOUS VOUS ATTENDIONS
NOUS ESPÉRONS QUE VOTRE POUVOIR NOUS AIDERA À EXTERMINER CES FANTÔMES
LA JEUNE MAÎTRESSE REFUSE DE RENTRER TANT QUE LE FANTÔME SERA PRÉSENT
JE NE ME RAPPELLE PAS ÊTRE DEVENU EXORCISTE
BEN TU Y RESSEMBLES
À QUEL NIVEAU ?
JE SUIS RENTRÉ
KEVIN DOIT SE SENTIR SEUL

LE TIERCÉ GAGNANT !!
SHIK
1
2
3
BRAVO !
36 WIN VS 4 LOST
一人満喫中
EN PLEINE EXTASE
MON FRÈRE EST ALLÉ CONVAINCRE SA FUTURE FEMME DE REVENIR
MON PÈRE EST EN INDE, JE SUIS LE SEUL À POUVOIR LES AIDER
C'EST DÉLICIEUX

C'EST DU KEEMUM, NOTRE DERNIER PRODUIT, DU THÉ CHINOIS À LA BERGAMOTE
TOUS LES THÉS NOIRS SE RESSEMBLENT
C'EST PARCE QUE MALGRÉ TON NOM, TU NE T'INTÉRESSES PAS AU THÉ
NE MÉLANGE PAS FABRICANTS DE THÉ ET NOBLESSE
VOUS FAITES DES RÉNOVATIONS ?!
ON VOULAIT CONSTRUIRE UN PAVILLON POUR MON FRÈRE ET SA FEMME
LES TRAVAUX SE SONT ARRÊTÉS À CAUSE DU FANTÔME

J'AI EMMÉNAGÉ AU DORTOIR JUSTE APRÈS NOTRE DÉMÉNAGEMENT, DONC JE NE L'AI PAS ENCORE VU
D'APRÈS LES PRÉCÉDENTS PROPRIÉTAIRES, CETTE MAISON EST CONNUE POUR ÊTRE HANTÉE
POURQUOI AVOIR CHOISI CETTE MAISON ALORS ?
MAIS EUH... C'ÉTAIT PAS CHER
UN JOLI F23 PROCHE DE LA GARE, PAS DE CAUTION DEMANDÉE
FALLAIT VOUS MÉFIER !
BAM
OUILLE !
NE T'INQUIÈTE PAS. LES FANTÔMES NE SONT QUE DES ILLUSIONS CRÉÉES PAR DES PHÉNOMÈNES TELS QUE LES ONDES ÉLECTROMAGNÉTIQUES...
C'EST SEULEMENT QUE NOS SENS ONT TENDANCE À MAL INTERPRÉTER LEUR BANDE DE FRÉQUENCE

LES DÉMONS EXISTENT POURTANT !
ÇA, CE SONT DES ATOMES
SUR CE, ON DÉBUTE L'ENQUÊTE DEMAIN ET CETTE NUIT ON DORT ENSEMBLE
POURQUOI JE DORMIRAIS AVEC TOI ?
J'AI PEUR DES FANTÔMES MOI !
JE VEUX PAS ÊTRE POSSÉDÉ !
LES DÉMONS PAR CONTRE ÇA VA !
C'EST PAS PAREIL
UNE MAISON HANTÉE...

ENCORE VOUS ?
JUSQU'À QUAND AVEZ-VOUS L'INTENTION DE RESTER COLLÉ AU JEUNE MAÎTRE ?
SI VOUS CONTINUEZ JE PRÉVIENS L'ÉGLISE !

JE ME CREUSE
LA TÊTE...
DEPUIS UN
CERTAIN TEMPS
QU'ES-TU ?

JE NE SUIS QU'UN SIMPLE MAJORDOME
DANS CE CAS, APPELLE L'ÉGLISE
ON DIRAIT QUE JE NE SERAI PAS LE SEUL QUE ÇA EMBÊTERAIT
ON Y VA, AMON, MAMON !

ZZZ
RROONN
JE PEUX PAS DORMIR !
PILI...
PILI...
C'EST QUOI ?
DE L'ORGE, DU BLÉ, DU MAÏS, J'Y AJOUTE DES CENDRES
TOURNE TOURNE
AFFREUX, TRISTE, HORRIBLE, HORRIBLE

DEBOUT ISAAC, TU ENTENDS ?
HUM... QUOI ?
LE FANTÔME !
IL S'EST MANIFESTÉ ?!
TOURNE TOURNE TOURNE TOURNE
JE PEUX PAS TOURNER, JE PEUX PAS BOUGER, TRISTE, HORRIBLE
ÇA VIENT DE L'AUTRE CÔTÉ
?!
LE FANTÔME !!
AT-TENDS !!

J'ÉTAIS SÛR QU'IL S'ÉTAIT ENFUI PAR ICI
QUELQU'UN NOUS A FAIT UNE FARCE
EN PLEINE NUIT ? ÇA ME PARAÎT BIZARRE
TU CROIS ?
OUAAH

?!
OUAAH
CALME-TOI
DISPARAIS ESPRIT MALIN ! AMEN AMEN !

TOURNE
TOURNE
TOURNE
TOURNE
T'ES PAS CENSÉ ÊTRE UN EXPERT EN OCCULTISME ?
LES FANTÔMES C'EST DIFFÉRENT !

AMEN AMEN
AMEN AMEN

RAS-LE-BOL !
ÇA FAIT TROIS NUITS QUE JE NE DORS PAS À CAUSE DE CE FANTÔME CHANTEUR !
AUSSI PARCE QUE JE DORS AVEC ISAAC
OÙ VAS-TU ?
C'EST ÉVIDENT, NON ?
AU MOULIN !

SORS DE TA CACHETTE ET PARLE-MOI !
TU AS LE DROIT DE GARDER LE SILENCE ET DE CONSULTER UN AVOCAT...
IL LUI PARLE SÉRIEUSEMENT
C'EST TOUT À FAIT SON GENRE
DE L'ORGE, DU BLÉ, DU MAÏS, J'Y AJOUTE DES CENDRES... TOURNE TOURNE
AFFREUX TRISTE HORRIBLE HORRIBLE

TE VOILÀ !
NOUS ALLONS D'ABORD ENTENDRE LA VERSION DE L'ACCUSÉ. TON NOM ?
ORGE, BLÉ... TOURNE TOURNE...
TON NOM ?!
ON DOIT ÊTRE SUR UN PIED D'ÉGALITÉ
OUAAAH
OUAAAH
IL SERMONNE UN FANTÔME...
POUR RÉSUMER, TU HABITAIS DANS LE MOULIN

こく
CROP
こく
CROP
NE POUVANT PLUS TRAVAILLER, IL EST DEVENU TRÈS TRISTE
NOUS ACHETONS NOTRE BLÉ PRÉALABLEMENT MOULU...
L'ACCUSÉ MOULUT DU GRAIN DANS CE MOULIN DURANT DE LONGUES ANNÉES
SNIF
HAA
ET VOUS AVEZ DÉTRUIT SA MAISON

N'AYANT NULLE PART OÙ ALLER, L'ACCUSÉ ERRA LA NUIT EN CHANTANT
POUR FAIRE COMPRENDRE SA TRISTESSE AUX AUTRES
ON N'A PLUS BESOIN DU MOULIN
ET ON VA BIENTÔT REMBLAYER LA RIVIÈRE

C'EST UN KILLMOULIS
KILLMOULIS ?
C'EST UN ESPRIT, PAS UN FANTÔME
TU SAIS CE QUE C'EST ?
POURQUOI T'AS PAS TROUVÉ AVANT ALORS ?
IL RESSEMBLE PAS AUX IMAGES QUE J'AI VUES
TING
SI C'EST UN KILLMOULIS, IL DEVRAIT ÊTRE EN ÉCOSSE
TOUT À FAIT MONSIEUR
QUE FAIT UN ESPRIT DU NORD CHEZ NOUS ?

...
IL EST ALLÉ VERS LE SUD À LA RECHERCHE DE MOULINS À GRAIN
OUI... SANS GRAIN À MOUDRE, LES KILLMOULIS FINISSENT PAR MOURIR
LES ESPRITS AUSSI ONT LEUR LOT DE DIFFICULTÉS
D'APRÈS CE QUE J'AI LU, S'ILS N'ONT PLUS DE GRAIN LES KILLMOULIS PRENNENT CE QUI LEUR TOMBE SOUS LA MAIN
?!
EN L'OCCURRENCE, NOUS... JE CROIS...
GROO
GROO
GROO

IL FAUT VITE FAIRE QUELQUE CHOSE
OÙ EST L'EAU BÉNITE ?
CALMEZ-VOUS, CE N'EST QU'UN ESPRIT
IL NOUS SUFFIT DE DIRE "VIEUX KILLMOULIS" ET IL VOUS OBÉIRA
JE JE JE VAIS LE FAIRE...
NOUS NE SAVONS PAS CE QUI POURRAIT SE PASSER, C'EST MOI QUI VAIS...

HÉ TOI !
EN GROS, SI TU AS DU GRAIN T'ES CONTENT ?

WILLIAM, TU ES FANTASTIQUE !
J'AI PAS L'IMPRESSION D'AVOIR EU DES VACANCES
INDIA
PERSONNE D'AUTRE QUE TOI N'AURAIT PENSÉ À ENVOYER LE KILLMOULIS EN INDE
APPAREMMENT LE KILLMOULIS S'EST RETROUVÉ À MOUDRE DU CURCUMA POUR LE PÈRE D'ISAAC
PAPA ÉTAIT TRÈS CONTENT D'AVOIR PAPY KILLMOULIS LE BOSSEUR AVEC LUI

RECRUTEMENT
ON ENGAGE DES KILLMOULIS
KILLMOUILIS
VENEZ TRAVAILLER EN INDE
UTEMENT
AGE DES KILLMOULIS
MOUILIS
VENEZ
AVAILLER EN INDE

PILIER 10
PAR LES SAINTS ELOHIM ET LES NOMS DES GÉNIES CASHIEL, SÉHALTIEL...
APHIEL ET ZARAHIEL, AU COMMANDEMENT D'ORIFIEL

DÉTOURNE-TOI !
MOLOCH !
VLAM
C'EST LA TROISIÈME FOIS CE MOIS-CI
CES DERNIERS TEMPS LES CRÉATURES VIENNENT JUSQUE DANS L'ÉCOLE...

MAÎTRE
UN MESSAGE DU VATICAN
LE...
SOUVERAIN REMPLAÇANT ?!
ÇA EXPLIQUERAIT L'ACTIVITÉ DE TOUS CES DÉMONS
HU HU, C'EST BIEN
MOI EARNEST CROSBY, JE VAIS DE MES MAINS
DÉTRUIRE CES ÊTRES MALFAISANTS

SeintGorge and England!!
VIVE LES DÉLÉGUÉS !
MA CHAMBRE N'EST PAS UNE SALLE DE BAIN !
JE ME SUIS LEVÉ APRÈS L'HEURE DE LA DOUCHE
BON, J'Y VAIS

ATTENDS-MOI !
qelw gar umas eidenai
agwna ecw uper
umwn kai twn en
laodikeia kai osoi
ÇA NE M'ÉTONNE PAS QU'ILS N'ASSISTENT PAS À LA MESSE
JE POURRAIS PEUT-ÊTRE EN PARLER AU PRÊTRE...
to proswpon mon ...

IL VA ME PRENDRE POUR UN FOU...
LE ROI SALOMON
ROI D'ISRAEL QUI A VÉCU À PEU PRÈS ENTRE 1035 ET 925 AVANT JÉSUS CHRIST
POUR SON MARIAGE AVEC LA FILLE DU PHARAON, IL FIT UNE OFFRANDE À DIEU, CELLE-CI LUI FIT SI PLAISIR QU'IL LUI ACCORDA LE DON DE SAGESSE

[1]Urartu ou Ourartou est un royaume constitué vers le IXe siècle avant JC autour du lac de Van dans l'actuelle Turquie orientale.

LA MONTAGNE URARTU EST CELLE APPELÉE ARARAT DANS LA BIBLE
LA MONTAGNE ARARAT ? COMME POUR L'ARCHE DE NOÉ ?
C'EST ÇA
DES MILLIERS D'ANNÉES SE SONT ÉCOULÉES, IMAGINE TOUTES LES POSSIBILITÉS
PEUT-ÊTRE QU'EN TOI COULE LE SANG DE GENS DU MOYEN-ÂGE
...
ONCLE BARTON ÉTAIT ARCHÉOLOGUE
PEUT-ÊTRE EST-IL LIÉ À TOUT ÇA...

LES HUMAINS SE NOURRISSENT MISÉRABLEMENT
JE VEUX MANGER UNE QUICHE DE CHEZ PAULY
ARRÊTE DE FAIRE L'ENFANT !
BHOO
QUOI ?

RIEN
QUAND IL EST COMME ÇA, IL N'A PAS L'AIR D'UN DÉMON
PEUT-ÊTRE ÉTAIT-CE UN PERSONNAGE HISTORIQUE CONNU...
C'ÉTAIT UN HUMAIN...
LE DÉMON QUI A SIGNÉ UN PACTE AVEC SALOMON...
WILLIAM
OUI ?
OUPS
LE MAJORDOME...
?

NON, RIEN
AMON, MAMON, DITES À BAPHOMET DE PRÉPARER UN RÔTI DE CANARD !
SOURNOIS !
...
QU'EST-CE QU'IL A ?
TWINNING !
LE PÈRE CROSBY VEUT QUE TU L'AIDES POUR LA MESSE PRIVÉE

EN PARLANT DE ÇA...
DIS-LE AUX AUTRES ÉLÈVES
CF LE VOLUME !
J'AVAIS COMPLÈTEMENT OUBLIÉ...
IL A DIT DE FAIRE ATTENTION À CES DERNIERS CAR IL A UN MAUVAIS PRESSENTIMENT
FLASH
SI DES CHOSES TE TOURMENTENT, TU POURRAIS LUI EN PARLER
IL AURAIT TOUT DÉCOUVERT ?
ON A COURS D'AVIRON
VA VITE TE CHANGER !
HEIN ?!
JE HAIS LES EFFORTS PHYSIQUES !

...
WILLIAM
HAA
TU NE VAS PAS À L'ENTRAÎNEMENT ?!
LE PRÊTRE ?!
L'ENTRAÎNEMENT ? TU ES SI INSOUCIANT... SI LE PRÊTRE...

?
IL POURRAIT T'EXORCISER !!
HEIN
POURQUOI JE M'INQUIÈTE ?!
JE ME FICHE DE CE QU'IL PEUT LEUR ARRIVER !
DE QUOI PARLES-TU ?
?!
DU FANTÔME QUI EST APPARU DANS LE DORTOIR JACOB

...
JE ME TROMPE ?
SITRI !
C'EST QUOI CET ACCOUTREMENT ?!
J'AI ÉTÉ CHOISI POUR LE RÔLE D'OPHÉLIA
C'EST RESSEMBLANT ?
VOUS ÊTES COMPLÈTEMENT INCONSCIENTS !
HAA
WILLIAM !

FAIS ATTENTION !
C'EST À MOI DE TE DIRE ÇA

ILS VONT BIENTÔT VENIR LE DÉFIER
OU ALORS...

TU NE T'ES TOUJOURS PAS CHANGÉ ?
ON PRÉPARE LA COMPÉT' INTER-DORTOIRS DE LA SEMAINE PROCHAINE
...
PFF...
JE SÈCHE LE SPORT
QUOI ?
L'ÉGLISE EST UN SANCTUAIRE
UN ENDROIT OÙ LES MAUVAIS ÉLÈVES COMME LES BONS SONT À ÉGALITÉ
SUR CE, JE VAIS DORMIR
J'AI MAL AU CRÂNE À CAUSE D'EUX

OH...
LUI AUSSI SÈCHE...
ÇA NOUS RAPPROCHE
C'EST NATHAN CAXTON, LE REPRÉSENTANT DES ÉLÈVES ?!
...
SWIP
?
WILLIAM TWINNING, QUELLE SURPRISE !!
PÈRE CROSBY

LE DÉLÉGUÉ DU DORTOIR JEAN AURAIT-IL DES PROBLÈMES ?
JE PEUX PAS LUI DIRE QUE JE SUIS LÀ POUR LA SIESTE
SI JE LUI EN PARLE
IL POURRA PEUT-ÊTRE LES FAIRE DISPARAÎTRE...
LES PRÊTRES PEUVENT CHASSER LES DÉMONS, NON ?
JE SERAIS ENFIN LIBÉRÉ...

EUH...
QU'EST-CE QU'IL Y A ?
UN PRÊTRE PEUT-IL EFFECTUER UN EXORCISME ?
AH !
AH...
NON...
C'EST PAS QUE JE CROIS AUX DÉMONS...
JE N'Y CROIS PAS
NOUS VIVONS UNE ÉPOQUE MODERNE, NOUS NE SOMMES PLUS AU MOYEN ÂGE AUX TEMPS DES CHASSES AUX SORCIÈRES

ILS EXISTENT
LES DÉMONS EXISTENT
BIEN SUR, LES FÉES ET LES ESPRITS MALINS AUSSI
...
MÊME SI NOUS LES PRÊTRES, SOMMES ICI POUR VOUS, LES DÉMONS ET LES ESPRITS PROFITENT DE VOS FAIBLESSES
C'EST-À-DIRE ?
ILS DUPENT LES JEUNES GENS EN LEUR FAISANT SIGNER DES PACTES
QUI LES MÈNENT À LEUR PERTE
!

LES ÂMES IMPURES VONT EN ENFER
ET SUBISSENT DES SUPPLICES SANS QUE PERSONNE NE PUISSE JAMAIS LES SAUVER
ET FINISSENT PAR DEVENIR DÉMONIAQUES

LE PROVISEUR EST COMME UN PÈRE POUR LES ÉLÈVES, MAIS IL Y A DES CHOSES QU'ILS NE PEUVENT PAS LUI DIRE
C'EST POUR ÇA QUE JE SUIS LÀ
QUELQUE CHOSE A L'AIR DE TE TRACASSER
!
PARLE-MOI
POUR QUE JE PUISSE TE DÉBARRASSER DE CE QUI TE TOURMENTE...

PILIER 11

ぎょっ
NYAH

PARLE-MOI
POUR QUE JE PUISSE TE DÉBARRASSER DE CE QUI TE TOURMENTE...
SI JE PARLE AU PÈRE CROSBY
DES DEUX DÉMONS...

JE RETROUVERAI UNE VIE TRANQUILLE !
L'ANNÉE PROCHAINE JE SERAI REPRÉSENTANT DES ÉLÈVES, J'OBTIENDRAI LA BOURSE DE BALLIOL (UN COLLÈGE À L'UNIVERSITÉ D'OXFORD) ET JE VIVRAI DANS LE WEST END SELON MES PROJETS
わははははは
OUAH AH AH
はっ
AH
MAIS COMMENT LUI EXPLIQUER ?!
?
EN FAIT C'EST LA FAUTE DE MACHO MAN, SUGAR ADDICT ET DENTS POURRIES. DONC VOILÀ JE SUIS HARCELÉ PAR UNE FILLE DE PHARAON ET UN TRAVESTI APPELÉ BARBE BLEUE...
ぽん
PON
JE PEUX TE PRÉSENTER UN BON DOCTEUR
...

JE SAIS QUE ÇA VA SE PASSER COMME ÇA
EN PLUS JE LES DÉTESTE PAS MOI, CES DÉMONS !
TWINNING ?
TOUT VA BIEN
TING
MAIS TU N'AVAIS PAS QUELQUE CHOSE À ME DIRE ?
JE SUIS VENU PRIER POUR LA VICTOIRE DE NOTRE DORTOIR
ON N'ARRÊTE PAS DE PERDRE EN CE MOMENT HA HA HA
JE N'AI PAS DU TOUT SÉCHÉ L'ENTRAÎNEMENT POUR DORMIR
TU PARLES DE L'AVIRON ?
BON...
RASSURE-TOI

TES SOUCIS VONT BIENTÔT SE DISSIPER
...
DIEU VEILLE SUR TOI

WILLIAM, L'AVIRON !
...
HÉ ! ATTENDS !
ATTENDS !
J'AI PAS ENVIE DE...
TU...

TU ETAIS À L'ÉGLISE ?
LES PRÊTRES ANGLICANS PEUVENT PRATIQUER DES EXORCISMES
TU AS...
ÉVIDEMENT QUE JE N'AI PAS PARLÉ DE VOUS
J'EN AI JUSTE MARRE

J'AI FAIT DES RECHERCHES SUR VOTRE CHER SALOMON
IL APPARAÎT DANS LE PREMIER LIVRE DES ROIS DANS L'ANCIEN TESTAMENT. FILS DE DAVID ET DE BATHSABÉE
TROISIÈME ROI D'ISRAËL PENDANT L'ANTIQUITÉ
IL REÇUT LA SAGESSE DE DIEU ET AMENA LE ROYAUME D'ISRAËL À LA PROSPÉRITÉ
SA PUISSANCE LUI A PERMIS DE DOMINER UN DÉMON
DANDELION, UN DES 72 PILIERS, OCCUPE LA 71e PLACE ET CHEF DE 36 LÉGIONS INFERNALES
CEPENDANT
JE M'EN FOUS COMPLÈTEMENT
!

PEU IMPORTE MON ANCÊTRE ET SES POUVOIRS, MOI JE N'AI RIEN DEMANDÉ
JE PARLE AUSSI DES DÉMONS ET DES ANGES
SI JE SUIS LE DESCENDANT DE SALOMON, JE DOIS POUVOIR T'UTILISER COMME JE VEUX
WILLI...
TOI AUSSI !
SI JE TE L'ORDONNAIS, TU DISPARAÎTRAIS DÉFINITIVEMENT, C'EST ÇA ?
C'EST FACILE ALORS

"N'APPARAIS PLUS JAMAIS DEVANT MOI"
...
ÇA NE FONCTIONNE QUE SUR LES 72 PILIERS
TU DEVIENDRAS LA CIBLE D'AUTRES PERSONNES
?!
ET PUIS LE POUVOIR QUE TU AS SUR MOI NE TE VIENT PAS DE SALOMON
COMMENT ÇA ?

MOI AUSSI J'AI DES CHOSES À DIRE
POURQUOI TU NE TE RAPPELLES PAS DE MOI ?
QUOI ?
POURQUOI NIES-TU MON EXISTENCE ALORS QUE TU ME VOIS DE TES YEUX
NE SERAIS-JE QU'UN SONGE POUR TOI ?

UNE ILLUSION POURRAIT-ELLE TE TOUCHER COMME JE LE FAIS ?

ゴーン
DING
ゴーン
DONG
ドンッ
VAM
JE VOIS
JE VOULAIS JUSTE M'EN ASSURER

WILLIAM, POURQUOI M'AS-TU OUBLIÉ ?
ALORS QUE TU PEUX M'UTILISER À TA GUISE...
すっ
TAP
SALOMON ?

POURQUOI TU NE TE RAPPELLES PAS DE MOI ?
QUE CACHAIT CETTE PHRASE ?
?
ET CET ÉLÈVE L'A VRAIMENT VU
JE PARLE DE FANTÔMES, DE FANTÔMES
OUI... SITRI M'EN A PARLÉ
C'EST LE FANTÔME D'UN ÉLÈVE VICTIME DE BRIMADES QUI S'EST SUICIDÉ
PLUSIEURS ÉTUDIANTS L'ONT VU
CETTE FOIS, LE PÈRE CROSBY POURRAIT PRATIQUER UN EXORCISME
OU PAS...

UN EXORCISME ?
CROIS-NOUS TWINNING !
IL EST AUSSI APPARU CHEZ NOUS
QUI ÇA ?
LE FANTÔME ! IL PORTE L'UNIFORME DE STRATFORD
ET LES PETITS ONT FAIT PIPI AU LIT
PARDON
はあ
HAA
MERDE ! ET SWALLOW QUI N'EST PAS LÀ !
C'EST PÉNIBLE D'ÊTRE DÉLÉGUÉ
LES ENFANTS HUMAINS NE SAVENT PAS SE RETENIR

...
POURQUOI TU NOUS SUIS ?
ÇA SERAIT DOMMAGE QUE DES DÉMONS VIENNENT T'ATTAQUER
!
QUELQUE CHOSE S'EST PASSÉ AVEC DANDELION ?
QUOI ?
NON
JE PEUX PAS L'ENCADRER, MAIS JE SUIS D'ACCORD AVEC LUI SUR UNE CHOSE

SALOMON ÉTAIT LE PLUS GRAND DES SAGES ET TOI TU PRENDS LA FUITE
TON ANCÊTRE DOIT SE RETOURNER DANS SA TOMBE
MOI, FUIR ?!
POURQUOI TU NE TE RAPPELLES PAS ?

IL N'EST PAS ICI, QUELQU'UN NOUS A FAIT UNE FARCE
JE SAIS QU'ON VA FINIR PAR LE TROUVER
AAAH
LÀ-BAS UN FANTÔÔ...
PANTRY
QU...
BAM
...
JE VAIS FAIRE MES PRIÈRES !
BRR

C'EST UN VRAI FANTÔME ?
SHAK
GOO
DE NOS JOURS LES JEUNES ÉLÈVES SONT TENACES
J'AI ICI DE L'EAU BÉNITE ET...
ÇA VA MARCHER ?

JE VAIS LE DÉTRUIRE
EN ÉCHANGE FAIS DE MOI LE ROI DES ENFERS
QUOI ?!
TU NE VEUX PAS ?
OU ALORS JE LE LAISSE TE POSSÉDER ?
SI TU MEURS APRÈS LUI AVOIR VENDU TON ÂME, TU FERAS PEUT-ÊTRE PARTIE DE NOTRE GROUPE

NE PRENDS PAS LA FUITE WILLIAM
TU NE RÉSOUDRAS RIEN COMME ÇA
KHAA
SITRI !
DOO
PLUS DE DOUTE

OH
AH
BAISSE-TOI WILLIAM !
GOO
BOUM
IL EST MORT ?
IL S'EST ENFUI
CE N'EST PAS UN FANTÔME, J'AI MIS DU TEMPS À M'EN RENDRE COMPTE
C'EST UN DÉMON !

UN DÉMON ?!
DE BAS RANG OUI
JE VAIS LUI FAIRE REGRETTER DE M'AVOIR BLESSÉ
ATTENDS, SITRI !

L'ÉGLISE ?
POURQUOI SE RÉFUGIER ICI ?
SSHAA
HÉ ! SITRI !

REVIENS !
IL Y A QUELQUE CHOSE DE LOUCHE !
BLAM
SITRI ?!
BONSOIR

L'INSECTE S'EST PRIS DANS MA TOILE PLUS TÔT QUE JE NE LE PENSAIS
PÈRE CROSBY...
PLAF
FSSHH
SITRI, PRINCE DES ENFERS À LA 12E PLACE
JE CONNAIS TRÈS BIEN TON NOM
C'EST LE NOM D'UN DES CANDIDATS AU TRÔNE

...
C'EST TOI QUI AS EXORCISÉ LE DÉMON ?
OH NON !
C'EST MON FAMILIER
UN FAMILIER ?
UN RELIGIEUX QUI POSSÈDE UN DÉMON ?
J'AI L'IMPRESSION QUE CE N'EST PAS UN SIMPLE PRÊTRE
BRAVO !
ÉLECTEUR QUI A VENDU SON ÂME AU DIABLE

C'ÉTAIT DONC TOI
LE DESCENDANT DE SALOMON ROI D'ISRAËL À LA GRANDE SAGESSE
WILLIAM TWINNING

PILIER 12

WILLIAM
JE T'AVAIS BIEN DIT QUE DIEU VEILLAIT SUR TOI
JE NE SAIS PAS DE QUOI VOUS PARLEZ
BAF
C'EST VRAI, ON CONNAÎT AUCUN ÉLEC...
JE NE SUIS QU'UN DÉLÉGUÉ
VENU DÉMASQUER LE FANTÔME QUI PERTURBE MON DORTOIR

SI TU LE DIS...
FLAP
VHOO
COMMENÇONS PAR ÉLIMINER CET ÊTRE RÉPUGNANT

SITRI !
KRUSHO
AAARGH
BOUM
!!

SBAM

BAISSE-TOI WILLIAM !
!
ZLASH
C'EST LA VRAIE FORME DE SITRI ?!
VSHH
PSHOO
TU PENSAIS VRAIMENT QU'UN TEL BOUCAN NE ME METTRAIT PAS LA PUCE À L'OREILLE ?

...
NE T'INQUIÈTE PAS, C'EST UN KEKKAÏ
GROO
POURQUOI TU L'AS PAS FAIT DÈS LE DÉBUT ?
GENRE QUAND T'AS COMBATTU SITRI !
AH
COMMENT DIRE... PARDON
ENFIN TU TE MONTRES, DANDELION HUBERT

OU ALORS...
PRÉFÈRES-TU QUE JE T'APPELLE INCOMPARABLE DUC DANDELION ?
TU M'AGACES
AH !
C'EST "LA MAIN DE DIEU" !
LA MAIN DE DIEU ?
CE NE SONT QUE DES RUMEURS
ON DIT QUE L'ÉGLISE ANGLICANE A UN BUREAU SPÉCIALISÉ DANS L'EXORCISME
QUI DÉPEND DU MINISTÈRE DE LA SÉCURITÉ PUBLIQUE, LE PÈRE CROSBY DOIT EN FAIRE PARTIE

POUR FAIRE PLUS COURT, C'EST UN EXORCISTE !
ET ALORS ? CE N'EST QU'UN HOMME APRÈS TOUT
UN EXOR-CISTE HEIN ! AUCUNE IMPOR-TANCE !
VLOO
BOOM
GOO
!

SITRI !
RHAA
VLAM
POURQUOI EST-CE QUE CES DÉMONS AIDENT LE PÈRE CROSBY ?
CE SONT DES FAMILIERS, ILS SONT PIEDS ET POINGS LIÉS JUSQU'À CE QUE LE CONTRAT PRENNE FIN
DOOM
QU...

IL Y A TROP D'ÉLÉMENTS QUI NOUS AFFAIBLISSENT ICI
ET J'AI L'IMPRESSION QUE SITRI HÉSITE
グルルル……
GROO
ÇA NE TE FAIT RIEN ?
BEN...
ああ…
OUI...
...

TU VEUX QUE JE FASSE QUELQUE CHOSE ?
JE REFUSE D'UTILISER TES POUVOIRS
HUH
QUEL OBSTINÉ TU FAIS
BAM

BLAM
FLSH
SHAA
WILLIAM
DIS QUE TU AS BESOIN DE MOI ET JE LE SAUVERAI

ÇA ME PARAÎT ÉVIDENT QUE TU AS COMPRIS
QUE JE NE POURRAI JAMAIS TRAHIR TON ÂME
VLOUM
WILLIAM !!
VLAM
ÇA VA, J'AI RIEN
HÉ, MON PÈRE !

QU'A L'INTENTION DE FAIRE L'ÉGLISE DE L'ÉLECTEUR ?
ET LES RELIGIEUX NE FONT PAS DE MAL AUX HUMAINS
TU CROIS ?
IL A BEAU ÊTRE HUMAIN, ON NE PEUT PAS RESTER SANS RIEN FAIRE
QUELQU'UN QUI A UN LIEN AUSSI FORT AVEC L'EMPEREUR DES ENFERS...
MÊME S'IL A LE POUVOIR DE CHOISIR LE REMPLAÇANT DE LUCIFER, IL RESTE UN ÊTRE HUMAIN
JE SUIS LE REPRÉSENTANT DE DIEU, CELUI QUI A REÇU LE POUVOIR D'ÉRADIQUER LES FORCES DU MAL
JE ME DOIS DE PUNIR L'ÉLECTEUR

COMMENT ÇA LE PUNIR ?
TU VAS LE TUER, C'EST ÇA ?
BOBOM
LES ÉPOQUES CHANGENT, MAIS PAS LE CLERGÉ
VOUS LES HUMAINS, ÊTES BIEN PLUS BÊTES ET ÉGOÏSTES QUE LES DÉMONS
DANDELION ?
TU ME LAISSES T'AIDER ?
PEU IMPORTE CE QUE TU PENSES, JE NE PEUX PAS ME PERMETTRE DE PERDRE L'ÉLECTEUR MAINTENANT

DÉMON IMPUR
C'EST DOMMAGE
NOUS ÉTIONS PAREILS DANS LE PASSÉ
!!
VLAM
TU AS DE JOLIS YEUX !
ILS SONT DIABOLIQUES
ILS ME RAP-PELLENT CELUI QUE J'ÉTAIS
WHOO

ZBAM
CRRR
VOUS AGISSEZ TOUS DE LA MÊME FAÇON
LE VATICAN, LES RÉFORMISTES COMME LES ANGLICANS, VOUS RÉSISTEZ UN PEU, MAIS...
DANDELION !!

JE VAIS SOUILLER TON ÂME
ET L'ENVOYER AU PURGATOIRE, CET ENDROIT QUE LES RELIGIEUX HAÏSSENT TANT
TU DEVIENDRAS PEUT-ÊTRE UN BON DÉMON
ARRÊTE DANDELION !!
PAN

RESTE OÙ TU ES !
JE SUIS OBLIGÉ DE T'OBÉIR
ALORS
NE M'ARRÊTE PAS !
ÇA SUFFIT !
BLAM
NE TE METS PAS EN TRAVERS

S'IL MEURT ICI, ON SERA LES PREMIERS SUSPECTS
NE COMPLIQUE PAS LA SITUATION
JE SUIS UN HUMAIN
JE DOIS SUIVRE LES RÈGLES DE CE MONDE
GWIP
!
SI TU M'ARRÊTES TU DEVRAS M'ACCEPTER
NE ME FUIS PLUS
L'ENFER SERA TOUJOURS À TES CÔTÉS
QUE TU LE VEUILLES OU NON

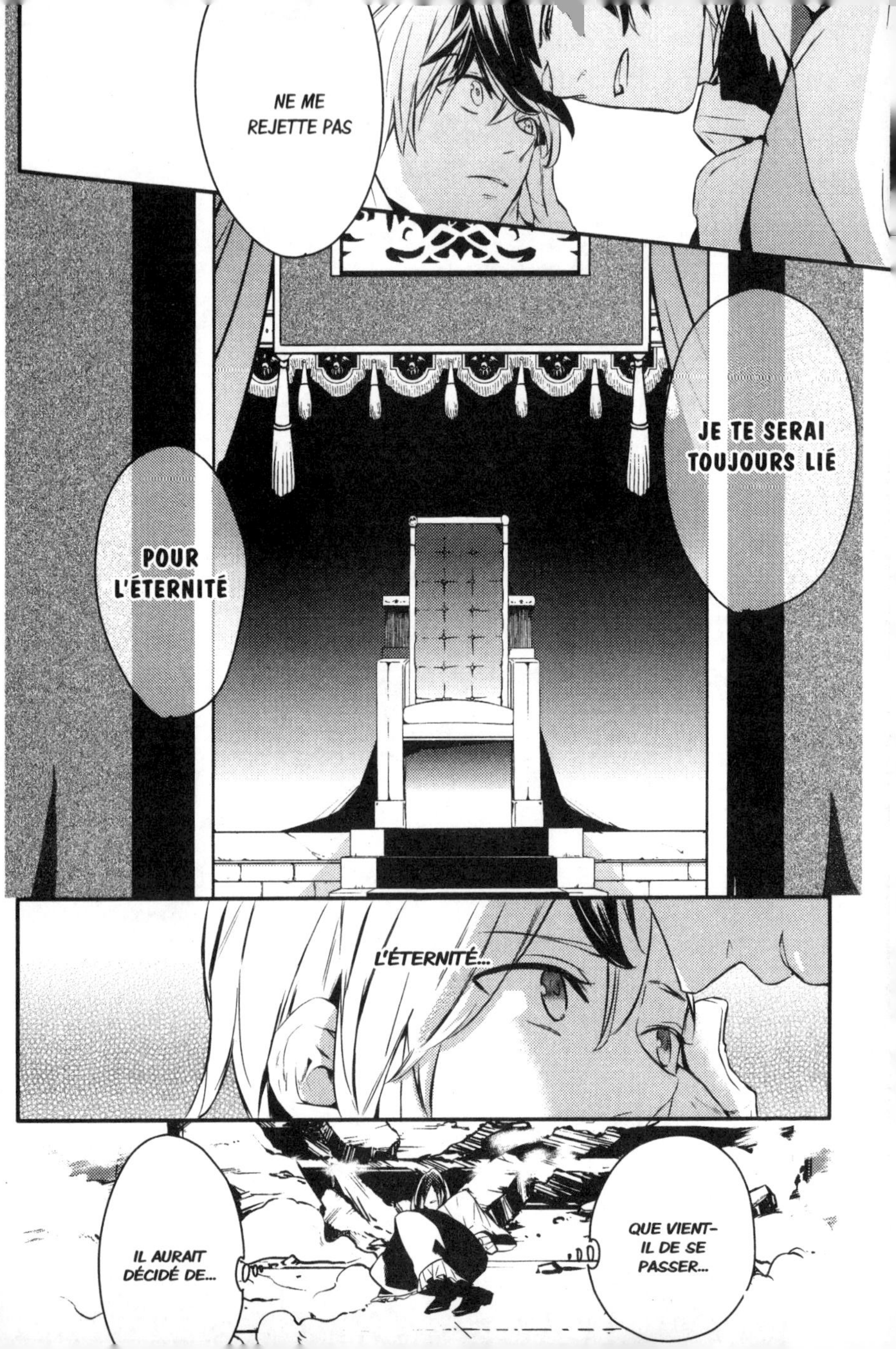
NE ME REJETTE PAS
JE TE SERAI TOUJOURS LIÉ
POUR L'ÉTERNITÉ
L'ÉTERNITÉ...
QUE VIENT-IL DE SE PASSER...
IL AURAIT DÉCIDÉ DE...

IL A DISPARU ?!
POF
OUAIS, BEN C'EST DE VOTRE FAUTE
CE LÂCHE S'EST SAUVÉ, MAIS IL REVIENDRA
CES MECS SONT COLLANTS
WILLIAM...
ORDONNE-MOI
GWIP
QUOI ?

DE TE PROTÉGER
CE N'EST PAS GRAVE SI TU NE ME FAIS PAS CONFIANCE
SI TU NE CROIS PAS...
AUX DÉMONS ET À L'ENFER

J'AI FAIM
JE VEUX MANGER LE GÂTEAU DE BAPHOMET
EUH...
TOUT À L'HEURE, TU M'AS DIT QU'UNE ILLUSION NE POUVAIT PAS ME TOUCHER
EUH... OUI
JE VAIS LE PROUVER !

QUOI DONC ?
JE NE PEUX PAS LAISSER LIVRÉS À EUX-MÊMES DES MECS QUI VOLENT ET DISPARAISSENT À TORT ET À TRAVERS
UN HOMME DE SCIENCE ÉLUCIDE LES PHÉNOMÈNES ILLOGIQUES
OH
ÇA VOUDRAIT DIRE QUE...
JE PEUX RESTER PRÈS DE TOI ?
LA FERME !
JE DISAIS SEULEMENT QUE JE NE NIAIS PAS VOTRE EXISTENCE
OUAAH

NE SOUS-ESTIME PAS UN RÉALISTE
OK
TANT MIEUX
...
GLOUPS!
BRR
OCCUPE-TOI DE MOI PLUTÔT
DANS TES RÊVES

SALOMON AVAIT CONCLU UNE ALLIANCE MAÎTRE SERVITEUR AVEC LES 72 PILIERS
WILLIAM A LE MÊME POUVOIR DANS LE SANG
IL N'Y A AUCUN DOUTE
WILLIAM TWINNING EST L'ÉLECTEUR
IL EST DANGEREUX
J'AI COMPRIS. TRANSMETS-"LUI" LE MESSAGE

IL PARAÎT QUE LE PÈRE CROSBY EST À L'HÔPITAL
AH OUAIS ?
IL ÉTAIT MAL EN POINT, ON EST PAS PRÊTS DE LE REVOIR
HEUREUSEMENT QU'ILS N'EN ONT PAS FAIT TOUTE UNE HISTOIRE
NE TE RÉJOUIS PAS TROP VITE !
ILS VONT SÛREMENT EN ENVOYER UN AUTRE
DE LA PART DE BAPHOMET
PAF

Première parution mensuelle *Comic Zero-Sum* de mai à novembre 2010.

JE VOUS PRÉSENTE SON REMPLAÇANT
BONJOUR À TOUS
J'AI L'HONNEUR DE REMPLACER LE PÈRE EARNEST CROSBY
TAP

JE M'APPELLE
KEVIN CECILE
KEVIN ?!
DEVILS AND REALIST -2- FIN

C'EST ENCORE POUR ENVOYER SUR TERRE ?
TOUS LES JOURS
ON PEUT DIRE QUE TU ES UN VRAI CORDON BOUC
NORMAL
OU PAS...
POUTCH
MAGNIFIQUE LE JEU DE MOTS
POURQUOI TU GRIMACES ALORS ?
POUTCH
ENCORE EN TRAIN DE PRÉPARER UN GÂTEAU ? QUEL ENTRAIN
C'EST MON TRAVAIL
TU ES UN VRAI CORDON BOUC
PLATCH
...
JE N'AI PAS FAIT EXPRÈS
SHLAD
HA HA HA
SHLAD
TU M'EN VEUX OU QUOI ?
JUSQU'À L'INSTANT NON...
BLAM

FIN

Next Story
ET SOUDAIN L'ANGE À AILE UNIQUE FIT SON APPARITION
ICI, JE SUIS LE PÈRE CÉCILE
JE TE PRIERAI DE NE PAS PARLER DE CHOSES PRIVÉES
KEVIN NOUS RÉVÈLE SON AUTRE VISAGE

MONSIEUR, JE VAIS Y ALLER
JE VEUX TE PRÉSENTER À MES PARENTS
WILLIAM EST NOSTALGIQUE DU PASSÉ
JE SUIS LÀ POUR TOI
ET DANDELION...
VOUS NE VOUS Y ATTENDIEZ PAS
PUIS UNE DÉCLARATION INATTENDUE ?
CE VOLUME 3 PLEIN DE REBONDISSEMENTS SORTIRA EN FÉVRIER 2012

Kohta HIRANO

Drifters

Nombre de volumes : 1 (en cours)
Code prix : TK 2
Genre : Action

Drifters est la nouvelle bombe de l'auteur de *Hellsing*. Il signe encore une fois une fable hyper dynamique où la violence est reine. Ce manga au graphisme léché captive d'emblée par son esthétisme et son ésotérisme.

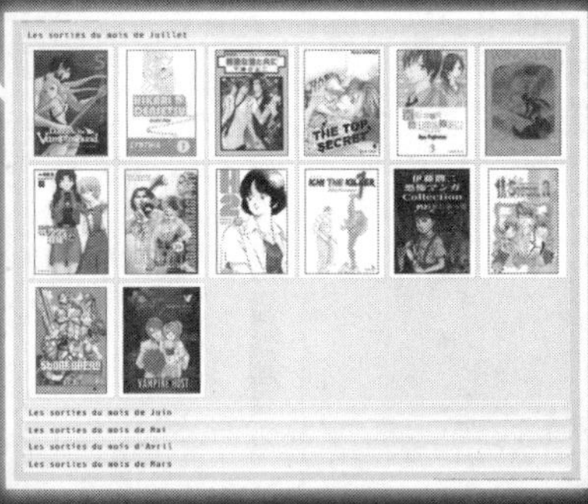

DEVILS AND REALIST

Volume 2

6, cité Paradis – 75010 Paris
Site internet : www.editions-tonkam.fr
E-mail : ecrivez-nous@tonkam.com

Traduction et adaptation : Nesrine Mezouane
Lettrage et maquette : Éditions Tonkam

1re édition française : novembre 2011

Achevé d'imprimer en France en octobre 2011
sur les presses de Legoprint à Lavis (Trente)
Dépôt légal : novembre 2011

ISBN vol. original : 978-4-7580-5556-7
ISBN : 978-2-7595-0690-3